10 STRANE STORIE DI GUERRA

Raccolta a cura di Mirko Iori

Revisione a cura di Francesca Romana Simei

PREFAZIONE

Questa è una raccolta di bizzarri aneddoti storici con un'ambientazione comune, la guerra.

In nessun modo questo libro vuole far passare un messaggio di leggerezza dinanzi ad un tema così importante e serio.

L'unico obbiettivo di quest'opera è quello di rendere noti dei fatti realmente accaduti, poco trattati o addirittura sconosciuti.

I messaggi politicamente scorretti presenti nel libro sono da considerare messaggi politicamente scorretti.

Buona lettura

I

IRONCAT – IL TERRORE DEI MARI

Costui è uno dei più grandi veterani mai vissuti.

Non vi sarà certo sfuggito che si tratta di un gatto (compimenti per lo spirito di osservazione).

Era norma generale di quasi tutte le flotte utilizzare i gatti per cacciare topi ed insetti a bordo delle navi. Era una tradizione che si tramandava fin dall'epoca d'oro dei Fenici.

Ad oggi, poco ci è giunto riguardo le origini di Oscar, vista anche la sua poca voglia di comunicare con l'essere umano (dubito ci sarebbe arrivato di più se anche avesse voluto).

Nonostante il problema delle fonti, ci troviamo dinanzi ad un animale che fu marinaio di fama eccelsa.
Oscar nacque da qualche parte in Germania e aveva il pelo nero e bianco.
Le sue doti innate gli valsero l'ingaggio su una delle corazzate gemelle di nuovo varo, classe Bismarck.

Il destino poteva portare il nostro eroe a bordo della corazzata classe Bismarck, Tirplitz oppure della corazzata Bismarck.
Finì con sua grande sfortuna sulla più famosa delle due.
Si narra che Oscar appartenesse ad un ignoto marinaio forse originario di Amburgo.
Prove affidabili basate su studi importanti, portati avanti da enti parastatali (gattare e gattari), sono però riuscite a chiarire che un gatto non ha padroni bensì "umani servitori" (precisazione non dovuta ed utile come un maglione a Ferragosto).

Tornando seri (si vabbè ma non troppo), Oscar era di turno per la caccia sulla corazzata tascabile, cosi chiamata dagli inglesi, quando alle ore 20:53 del 24 maggio iniziò quella che passò alla storia come la "caccia alla Bismarck" da parte della marina inglese.

Da predatore Oscar ed i suoi colleghi si ritrovarono prede.

La caccia terminò alle 10:36 del 27 maggio 1941.

La nave tedesca ferita a morte ed immobilizzata, affondò con le macchine in funzione, le bandiere innalzate e circa duemiladuecento anime a bordo.
Centodieci superstiti furono immediatamente soccorsi dagli avversari.
I morti furono più di duemila.
I marinai erano ovviamente in condizioni pessime ma uno di loro era decisamente stordito.
Era impaurito mentre si trovava appollaiato su un'asse di legno e si leccava via la salsedine dal pelo.
La recluta Oscar aveva fatto il suo dovere ed aveva sofferto la paura ma ora poteva finalmente riposare.

Non fu cosi.

Venne immediatamente ingaggiato a bordo del Cacciatorpediniere classe tribal Cossack.
Erano passati solo cinque mesi dall'avventura vissuta sulla Bismarck ma il 24 ottobre 1941 il Cossack venne colpito da un siluro lanciato dall'Uboot 563.

Nell'attacco persero la vita il capitano e centocinquantanove uomini.
Il cacciatorpediniere HMS Legion intervenne per scortare il Cossack in porto, salvando la vita ad Oscar e ai suoi colleghi.

Oscar era abbastanza scioccato ma il trauma fu minore rispetto a quello subito sulla Bismarck, tanto che venne immediatamente ingaggiato sulla Portaerei Ark Royale.

La portaerei era enorme, Oscar sentiva distintamente l'equipaggio chiamarla "Unsinkable Sam" (inaffondabile Sam) e di ciò si sarà sicuramente rallegrato.

Erano passati meno di 22 giorni dall'attacco subito dal Cossack e nonostante il soprannome, un siluro colpì, condannando a morte l'inaffondabile Sam.

Questa volta Oscar, durante il salvataggio, aveva un umore decisamente nero.
Fonti attendibili (manco troppo) descrissero lo sguardo del nostro eroe come quello tranquillo e rilassato di un uomo che accompagnando la moglie a fare shopping lascia a quest'ultima comando e controllo della sua carta di credito.
Altre meno attendibili, con accento siculo, dissero: "nulla vidi"

In sei mesi aveva rischiato di finire in fondo ai mari per tre volte.

Per tre volte si salvò riuscendo in un'impresa riuscita a ben pochi.

Non venne mai più reingaggiato sulle navi da guerra e venne subito spedito in un comodo ufficio governativo.

Morì nel 1955 a Belfast dove era andato a vivere con un marinaio.

Il suo servizio gli valse un ritratto fatto da Georgina Shaw-Baker intitolato: Oscar, il gatto della Bismarck. L'inestimabile reperto è di proprietà del museo nazionale marittimo di Greenwich.

II

IL BUONO, IL BRUTTO E IL PENNUTO

Australia, 1932.

L'Australia ce la mette tutta ogni giorno per dimostrare all'uomo che la sua presenza su di essa gli fa girare le biglie alla velocità di un motore turbo IVECO ma l'uomo se ne sbatte e continua a volerci abitare.

In Australia una vera e propria coalizione di animali/macchine della morte si è trincerata per spiegare a l'uomo chi comanda.

Una breve lista:

- meduse assassine lunghe tre metri (le misure contano)
- polpo dagli anelli blu (7 centimetri bastano per ucciderti, finalmente qualcuno che dice chiaramente che le misure non contano)
- pesce pietra (basti pensare che è il pesce più velenoso al mondo)
- pesce scorpione (perché non basta il fatto che possa ucciderti, devi anche dargli un nome figo)
- squali bianchi, squali tigre e squali toro (praticamente i beach boys)
- coccodrillo di acqua salata (precisazione importante: il coccodrillo HA UN SUO VERSO, pertanto lo zecchino d'oro si può mettere l'anima in pace e finirla con quella cantilena immonda: ecco le prove https://www.youtube.com/watch?v=xq9vehNJJWI)
- serpente di mare dal ventre giallo (tranquilli, anche se è un serpente di mare può resistere sulla terraferma per tre mesi e vi ammazza lo stesso anche se il mare lo state vedendo col binocolo)
- serpente Taipan (il più velenoso al mondo)
- serpente bruno orientale (il secondo più velenoso al mondo)
- serpente tigre (che siccome è meno velenoso decide di iniettarti una quantità spropositata di veleno rispetto agli altri, perché lui le cose le fa fatte bene)
- ragno dalla schiena rossa e ragno dei cunicoli
- le formiche Bull (che ti credi? Pure le formiche ti ammazzano)
- il casuario (l'uccello più pericoloso al mondo)

– varie ed eventuali assistenti a tempo pieno del Tristo Mietitore che nel dubbio ti ammazzano lo stesso.

Ora immaginate l'australiano medio nel 1932.
Schifato da mezzo globo per aver dovuto chiedere aiuto dopo essere stato messo alle strette da un coniglio a partire dal diciottesimo secolo.
Disprezzato anche dagli americani a causa di un accento improbabile.
Doveva mostrare risolutezza, doveva dire al mondo "Hey... noi facciamo cose che nessuno penserebbe".

La storia è così affascinante....

Quello che leggerete qui sotto può sembrare un'idiozia MA È TUTTO VERO.

(me lo devo ripetere ogni volta)

Per dimostrare che loro "fanno cose" decisero di aiutare i pastori d'Australia (da lì il motto "pecorari di tutto il mondo unitevi") contro i Dingo, degli adorabili cani ed organizzatissimi cacciatori di pecore.

Nel 1880, decisi a dimostrare al mondo che loro erano più forti delle avversità che la natura si sforzava di lanciargli, presero una decisione incredibile:

vennero eretti 5614 km di recinzione che doveva tenere in salvo gli ovini (non vennero utilizzati abruzzesi nella costruzione per motivi contingenti di devozione verso l'arrosticino e per il rischio di combutta col nemico Dingo).

Immaginate ora la tipica faccia sveglia di una pecora che osserva una recinzione del genere che gli viene costruita intorno per separarla dai predatori (e dagli abruzzesi n.d.r.).

Ecco, quella faccia sveglia era la stessa disperata di chi nel 1885 concludendo la recinzione si domandò se i Dingo fossero dentro o fuori.

Il grande risultato e la soluzione ottenuta furono peggiore del problema iniziale.

I Dingo all'interno vennero cacciati e fin qui tutto bene.

La natura però decise di non stare a guardare.

Prese la lista delle specie più mortali in suo possesso per poter vincere in pochissimo tempo.

Poi si mise la mano sulla coscienza e rendendosi conto che questi australiani le avevano già prese dai conigli scelse il suo campione.
Un campione invitto, determinato, furbo, subdolo e dalle innate doti belliche:

Il campione scelto dalla natura per distruggere l'uomo in Australia fu l'Emù che con l'aiuto del dromedario selvatico che distruggeva la recinzione si erse a baluardo della resistenza.

Lo sguardo sveglio doveva, nei piani di madre natura, già intimorire gli Australiani.

Fu cosi, letteralmente. Gli australiani al cospetto di questo genio del male, di questa chimera pennuta dagli occhi calcolatori, dovettero cambiarsi le braghe.

Con due metri di altezza ed un peso di quasi 60 Kg, gli isolani dovettero decidere il da farsi.

Mentre l'emù distruggeva le colture, due fazioni si scontrarono per prendere decisioni irrevocabili (frase che notoriamente porta già sfiga di suo).
La prima fazione era propensa ad assoldare gli emù nella squadra nazionale di basket, zimbello di tutto il pianeta.
La seconda voleva addirittura dichiarare guerra agli emù.

VINSE LA SECONDA.

Decisi a vincere per almeno una volta in vita loro gli isolani fecero le cose in grande.

Nell'ottobre del 1932 (dopo aver consegnato la dichiarazione di guerra non si sa dove) la 7th heavy battery della Royal Australian Artillery mosse, sotto il comando del maggiore GPW Meredith, contro i pennuti.

Costoro prima indietreggiarono per portare gli australiani su terreni fangosi, poi attesero le precipitazioni che impantanarono gli australiani per un mese.

Il 2 novembre 1932 dopo esser stati presi per i fondelli da una trappola tesa dai pennuti ed aver concesso il campo sotto una pioggia infernale, Meredith decise di avanzare e terminare la questione una volta per tutte.

Con 10.000 cartucce e due mitragliatrici, Meredith pensava di avere la vittoria in tasca.
Chiese ad ognuno dei suoi di uccidere cento emù e di conservare le pelli per ricavare cappelli per l'Australian Light Horse (cavalleria leggera australiana, anch'essa zimbello del globo).

Con questa strafottenza Meredith ingaggiò il nemico.

Nei pressi del distretto di Campion però, Meredith si accorse che questo formidabile nemico (sia mai che forse fosse lui una mezza sega) era scaltro.
Per superarlo in astuzia, nonostante il numero preponderante, Meredith chiese aiuto alla popolazione locale che secondo lui avrebbe dovuto muovere a tenaglia per ammassare gli emù e tendergli un'imboscata.

I geniali emù si sparpagliarono per rendere difficile il bersaglio e uscirono dalla sacca con scioltezza (fortunatamente per l'unione sovietica Friedrich von Paulus non lesse degli emù quando si trovò nella stessa situazione a Stalingrado).

10

Meredith, accecato dall'ira per esser stato tatticamente preso in giro da un diamine di uccello, fece aprire il fuoco indistintamente ma gli emù non erano a tiro.

Di nuovo sconfitto, cercò vendetta il 4 novembre, dopo due giorni.

Nei pressi di una diga incontrò mille emù.

Ne uccise dodici (meno del 2%) ma le mitragliatrici si incepparono e gli emù stavano per caricare. Gli australiani dovettero fuggire a gambe levate per non prenderle di santa ragione.

Nei giorni seguenti, sbloccata una delle due mitragliatrici, Meredith pensò (perché lui sì che era sveglio) di montarla su un automezzo.

Purtroppo per lui gli emù furono dannatamente veloci ed il mezzo non riuscì a raggiungerli per il semplice motivo che quei pennuti correvano a circa 50 km/h.

Con la terza sconfitta Meredith ebbe il coraggio di scrivere nel suo rapporto che nonostante tutto il suo reparto non avesse subito perdite, era riuscito a uccidere 50 emù.

Il suo reparto.

Quello con le mitragliatrici.

Non aveva subito perdite.

Contro dei pennuti.

Lo aveva scritto davvero.

Su un rapporto ufficiale.

Dopo aver letto il rapporto l'8 novembre 1932 il comando militare dichiarò la sconfitta patita annullando l'operazione.

Meredith disse sulla sconfitta:

"Se possedessimo una divisione militare con la resistenza ai proiettili di questi uccelli saremmo capaci di confrontarci con ogni esercito del mondo... possono affrontare le pallottole con la robustezza di un carro armato. Sono come degli Zulu che non possono essere arrestati nemmeno dai proiettili a espansione"

Questa foto gira da decenni a presa per i fondelli sempiterna di quella che rimane ai posteri come una delle guerre più strane e una delle sconfitte più imbarazzanti dell'essere umano.

III

LA GUERRA DEL GOMBE

Ognuno di noi ha degli amici / amiche che tendono a sfoggiare il loro animale domestico con orgoglio.

Solitamente cercheranno di convincervi dei seguenti fatti:

- il mio cane ride
- il mio gatto mi chiama mamma
- la mia pecora è buona (posso dargli ragione sia io che ¾ d'Abruzzo, dipende dalla cottura)
- il mio serpente prova sentimenti
- il mio emù ha invaso la cucina ed ha ivi stabilito una repubblica autonoma (onesto).

Un uomo saggio direbbe "si è vero!" annuendo e indietreggiando verso l'uscita più sicura.

Un altro meno saggio direbbe "non mettiamo gli animali sullo stesso nostro piano". La serata è perduta.

Una donna altresì potrebbe dire qualsiasi cosa. Avrebbe ragione per due motivi:

- l'interlocutore vuole portarsela a letto (dimentico del fatto che se ha la biancheria abbinata è lei ad aver deciso)

- l'interlocutore vuole evitare discorsi inutili che porterebbero a darle ragione lo stesso (92 minuti di applausi)

Questi sono i preamboli che ci portano in Tanzania (oltre ad un biglietto aereo e millemila vaccini).

7 gennaio 1974.

La famosa Jane Goodall (no, non è la Jane di Tarzan...) era un'Etologa ed Antropologa di fama internazionale.

La nostra Jane (NO, NON È QUELLA DI TARZAN!) si trovava nel parco nazionale del Gombe, dove vivevano tre tribù di scimpanzé distinte.

La nostra Jane (È ANCHE QUELLA DE MULAN! VA BENE ORA? POSSIAMO ANDARE AVANTI???) documentava la vita dei vari branchi, dando anche dei nomi ad alcuni esemplari.

Il suo preferito era un giovane maschio della tribù Kahama.

Il suo nome era Godi.

Ma naturalmente, da brava mamma, la nostra Jane amava anche gli altri.

"La superiorità dell'animale rispetto all'uomo". Frase tipica di ogni animalista, scolpita nel marmo vivo del suo intelletto.

"Gli animali non si uccidono a vicenda per sport e non trovano giovamento dalla sofferenza altrui."

"Le scimmie sono simili a noi ma sono più intelligenti perché non si ucciderebbero mai, giocherebbero tutto il tempo mentre mangiano banane."

Mentre la nostra Jane fotografava Godi nella boscaglia, vide distintamente quattro scimpanzé del gruppo Kasakela attaccare Godi con pietre, lance rudimentali e furia indescrivibile.

Rimase ammutolita.

Godi era a terra con il sangue che usciva copiosamente dalla testa all'altezza del naso.

Mentre uno scimpanzé lo tramortiva con la lancia, un altro metteva le mani a coppa per raccoglierne il sangue.

Infine, uno di loro prese un masso di dimensioni importanti e finì il lavoro.

Jane era sgomenta.

I Kasakela, forti di 8 maschi e 12 femmine stavano invadendo i territori dei Kahama che potevano contare su 7 maschi e 3 femmine.
Da una parte lo scimpanzé di deriva Hitleriana e dall'altra i poveri, cucciolosi, amorevoli ed inferiori in numero Kahama.

Ma come in ogni guerra, il bene alla fine trionfa!
Godi sicuramente sarà vendicato!
Giusto no?

NO

I Kasakela assaltarono uno ad uno i maschi Kahama uccidendoli in maniera efferata rapendo e picchiando le donne.

I pochi superstiti fuggirono altrove.

Questa storia sancisce una volta per tutte che se il tuo gatto ha fame lotterà in tutti i modi per vincere, non come quel tonto del cane.

La differenza tra le guerre animali e quelle dell'uomo è nei film che la seconda specie può girare a differenza della prima.

La differenza tra le guerre animali e quelle dell'uomo è che nei film si riesce a giustificare la guerra combattuta ponendo un grosso accento sulle motivazioni che hanno spinto grandi uomini di stato a iniziarla.

Se domani, andando allo zoo, vedete uno scimpanzé… non prendetelo troppo per il culo.

Siate rispettosi.

Potrebbe essere un veterano*,**,***,****

* o potrebbe anche solo rodeje il culo fortemente

** a te nte roderebbe il culo? Nudo davanti a regazzini urlanti, magari co un mal de testa della madonna e tutto il giorno a lavorà.

*** e che sarà mai??? e certo! Tanto tutto io devo fa dentro a sta casa! Vacce te a fa il gorilla! Sempre co i muscoli tesi a fa a faccia brutta de romanzo criminale pe guadagnasse 3 banane, magnanne 2 e giocà co quella rimasta in maniera discutibil-autoerotica

**** se hai letto fino a qui: bravo! Hai vinto 2 diottrie! (IN MENO)

IV

LA MORTE NERA (IL "SUPERLAZERONE")

Hermann Julius Oberth è un rumeno simpatico. Uno di quelli con la panzetta da bevitore di birra sempre pronto ad accendere la brace alla prima scintilla.

Oltre a questo, il nostro Eroe dai reni sovra-eccitati, è un brillante fisico e anche un pioniere della Missilistica e dell'astronautica.

Un genio al servizio dell'impero austriaco e poi a disposizione del Reich tedesco.

Le prerogative sono buone no?

Un fisico (da sollevatore de tovaglie).

Un Missilista.

Un Dittatore a capo del terzo reich tedesco.

Voglio dire...

cosa poteva andare storto?

Come potevano queste due menti non fondersi!

Adolfo da qualche tempo aveva assunto un certo Von Braun a capo dello sviluppo del V2.

Il V2 oltre ad essere il missile più famoso della WWII è anche stato il primo oggetto lanciato nello spazio (si, è ricaduto a terra) ma nel farlo ha stabilito il primato.

Quindi:

Von Braun ama i missili, al rumeno je piace lo spazio e ad Adolfo ogni cosa che esplode provoca turgitudini in zone poco nobili.

Prima di girare pagina e scoprire la verità potete restare su questa e restare al sicuro. Una volta girata vi ritroverete davanti LA NUDA VERITA.

TUTTO QUELLO CHE LEGGETE QUI È VERO, SEMPRE.
VI HO AVVISATO.
Von Braun e il nostro Oberth si presentarono al cospetto dei gerarchi nazisti sventolando l'idea di un cannone spaziale (il "superlazerone" di Goldmember per farla semplice).

In soli 15 anni, in una Germania che sprizzava salute da tutti i buchi che i bombardieri anglo-americani gli lasciavano in terra al posto delle città, i nostri paladini avevano in programma di mandare a 1000 Km di distanza, un'enorme specchio del diametro di cento metri.

Comandandolo a distanza avrebbero potuto indirizzare la luce solare ovunque avessero voluto.

Avete presente il gioco della lente d'ingrandimento e della formica?

No?

Bè meglio, sarebbe stato sconveniente.

Tecnicamente volevano arrostire città a caso.

ED IL TUTTO IN MANIERA MOLTO GREEN.

Cos'è il genio?

Io non lo so, ma a naso, nemmeno Oberth.

V

PROSCIUGARE IL MEDITERRANEO

Carlo Verdone voleva asfaltare il Tevere per fare un'autostrada a 4 corsie.

Al grido di "ma serve a qualcuno sto fiume?" regalò risate.

Dove prese l'idea imbarazzante?

Da Herman Sorgel.

Si lo so... le idee "migliori" ce le hanno sempre i tedeschi.

Ci troviamo in baviera nel 1927.

Stiamo degustando stinchi di maiale salati come il mar Morto e birra Weiss. Ad un certo punto il solito tedesco espansivo e giocherellone (ovviamente brillo, non esistono tedeschi di siffatte attitudini al di fuori dei tifosi del Borussia Dortmund) si avvicina a voi.

Sproloquiando con quell'accento simpatico come l'evirazione autoindotta e tranquillo come mia madre quando ritirava la pagella, vi espone il suo piano per la "pace nel mondo".

Un tedesco.

Ubriaco.

Espone il piano per la pace nel mondo.

Un tedesco.

Ci sarebbe da ridere se non ci fosse da piangere.

Posando il calice ci dice che la pace nel mondo si farà con solo 2 dighe.

Cominciate a guardarlo come un qualsiasi tedesco guarderebbe Fabio Grosso. Siccome siamo nel 1927 il buon Fabio non è nemmeno negli zebedei del nonno per il momento.

Quindi continuate ad ascoltarlo.

Il piano prevede una diga nello stretto dei Dardanelli ed una nello stretto di Gibilterra.
Il tutto per abbassare il livello del mediterraneo di 165 cm all'anno.

Le nuove terre emerse avrebbero garantito:

Un passaggio via terra tra Europa e Africa.

Nuove terre coltivabili.

Sfruttamento maggiore delle risorse africane.

Il piano rimase inattuabile. Ad opporsi fortemente fu sua maestà che, preoccupata per perdita della supremazia della flotta mercantile inglese, non permise ad un ubriaco di prosciugare il mediterraneo.

Quando pensate che Facebook abbia dato l'opportunità a chiunque di dire la sua su ogni cosa, sappiate che prima le cose andavano a cazzo di cane in egual misura.

VI

FARE LA GUERRA PER UN SECCHIO

15 novembre 1325.

Zappolino è una cittadina famosa più per le case rosse post terremoto del 1929 che per altro.

Ma è proprio a Zappolino nel 1325 che si scontrarono l'esercito Modenese e quello Bolognese.

I Modenesi disponevano di cinquemila fanti e poco meno di tremila cavalieri contro un esercito Bolognese di trentatremila uomini.

I Modenesi vinsero.

I Bolognesi vennero presi a calci nelle braghe fino a Bologna stessa.

Una vittoria incredibile e come tutte le vittorie, andava celebrata.

I Modenesi ora liberi di andare a caccia di tesori nella valle intorno a Zappolino decisero di dare un simbolo alla vittoria.

Potevano rubare di tutto.

Rubarono un secchio.

Lo innalzarono a memoria della loro impresa dinanzi a Bologna.

Immaginate un esercito vittorioso innalzare un secchio di legno inutile dinanzi alla città sconfitta.

Per quanto tutto questo sia meraviglioso, lo è ancora di più il fatto che una replica di quel secchio è esposta alla Girlandina.

Un secchio.

Manco originale.

VII

LA GUERRA DEL CANE RANDAGIO

Negli Stati Uniti, ogni giorno un tizio che fa jogging si alza e sa che dovrà correre più veloce dell'assassino se non vuole trovarsi a dover rispondere alle domande di Horatio di CSI.

Ogni giorno negli Stati Uniti, Horatio si alza sapendo che qualche cadavere sarà pur spuntato fuori mentre dormiva.

Non importa che tu sia Horatio o un runner, tanto la storia è ambientata in Grecia nel lontano manco troppo 1925.

Le due nazioni erano amiche come Tom e Jerry e contrasti tra le due risalivano al 1904.

I contrasti vertevano sul possesso della Macedonia e della Tracia orientale.

La guerriglia durò 4 anni e si concluse nel 1908 lasciando non pochi nodi irrisolti tra le due fazioni.

Bastava una scintilla.

Un pretesto.

Portare a spasso un cane.

PORTARE A SPASSO UN CANE! PROPRIO COSI.

Il 18 ottobre del 1925 un soldato greco perse il suo cane e lo inseguì fino al passo di Demir Kapia, nei pressi di Belasista.

Sfortunatamente per il padrone del cane, Belasista era sorvegliata da soldati bulgari che vedendo un soldato Greco sconfinare non esitarono ed aprirono il fuoco.

Quello che accadde dopo è poesia.

Entrambe le nazioni mobilitarono gli eserciti.

Sul confine vennero dispiegati 10.000 soldati greci che occuparono la città bulgara di Petric.

In risposta i bulgari dispiegarono 30.000 truppe.
Era la guerra.

Per colpa di un cane.

La Bulgaria tentò la strada della pace rammaricandosi per l'avvenuto e proponendo una commissione mista di greci e bulgari per studiare il caso ma la Grecia rifiutò categoricamente occupando ancora più in forze la città di Petric.

In risposta l'IMRO, l'organizzazione rivoluzionaria macedone interna, cominciò a compiere scorribande contro i greci a Petric, portando a rappresaglie di questi ultimi sulla popolazione locale.

La Grecia avanzò le sue pretese:

- punizione dei responsabili
- risarcimento di due milioni di franchi francesi alle famiglie delle vittime
- scuse ufficiali

dopo un'aspra diatriba diplomatica la Grecia ottenne:

- doversi ritirare da Petric
- cessate il fuoco
- rimborsare la Bulgaria con 45.000 sterline

Rispetto alle richieste, ovviamente l'opinione pubblica greca era stupefatta.

L'incidente ebbe ripercussioni anche per l'Italia.

La Grecia provò a fare la voce grossa tirando in ballo l'incidente di Corfù, dichiarando che nella società delle nazioni vi erano due regolamenti, uno per le grandi potenze come l'Italia e uno per le nazioni più piccole.

Quando si dice scoprire l'acqua calda.

VIII

LA GUERRA DEL MAIALE

Le relazioni tra Stati Uniti e Regno Unito sono sempre state pacifiche come quelle tra mariti/mogli e suoceri (azzarderei anche come quelle tra Juventini e il resto d'Italia ma vabbè...)

È con questa doverosa premessa che ci affacciamo agli eventi del giugno del 1859 ma dobbiamo partire dal 1846 per capirne profondamente le cause di uno scontro altrimenti impensabile.

Nel 1846 venne definita la contesa sulle isole di Orcas, San Juan e Lopez al largo dell'Oregon. Lopez ed Orcas andarono al Regno Unito e San Juan agli Stati Uniti d'America.

Peccato che nessuna delle due potenze volesse rispettare il trattato.

Il 15 giugno del 1959 un colono americano dell'isola di San Juan, Lyman Cutlar uscì di casa per raccogliere i suoi tuberi quando vide un maiale rovistare nell'orto intento a mangiare i suoi tuberi "MADE IN U.S.A.".

La risposta di Lyman fu in pieno stile americano.

Se ci si presenta un problema, ci si arma (bombarda)... problema risolto.

Prese il suo fucile e sparò senza indugio all'invasore.

Ed in pieno stile americano, la toppa fu peggiore del buco.

Il povero maiale era di proprietà di un'irlandese fedele alla corona inglese che rispondeva al nome di Charles Griffin.

Griffin, in pieno stile irlandese, andò da Cutlar per aggredirlo fisicamente ma Cutlar aveva il fucile.

Perciò l'irlandese si risolse a chiedere un risarcimento per il maiale ucciso.

Cutlar gli offrì 10 dollari, sperando potessero bastare ma l'irlandese ne voleva 100.

Indispettito dalla proposta di risarcimento spropositata Cutlar rifiutò appellandosi al fatto che il maiale stesse rovinando il suo orto.
Griffin a quel punto se ne usci con una frase memorabile: "dovevi garantire alle tue patate di non essere alla portata del mio maiale"

Ovviamente Cutlar mandò a quel paese Griffin, che andò a piangere dalla mamma (i funzionari della corona inglese).

Questi ultimi in pieno stile inglese minacciarono Cutlar di arrestarlo se non avesse pagato l'indennizzo di 100 dollari.

Cutlar raccontò tutto ai suoi amici coloni che per tutta risposta invocarono l'intervento degli Stati Uniti.

Gli Stati Uniti non vedevano l'ora di prendere a calci qualche culo inglese e provocarono l'escalation militare che avvenne in risposta alle minacce perpetrate contro un cittadino americano.

Alla testa di George Pickett (tristemente noto come comandante dell'ultima carica confederata a Gettysburg) e del nono reggimento di fanteria, vennero inviati 66 soldati americani con l'ordine di impedire uno sbarco di militari inglesi sull'isola di San Juan.

Gli inglesi in risposta inviarono tre navi da guerra, preoccupati da un'occupazione perenne dell'isola.

Entrambe le compagini con il tempo si rafforzarono.

Pickett oltre ai 66 uomini iniziali ora disponeva in tutto di quasi 500 uomini e 14 cannoni mentre gli inglesi al comando di Silas Casey disponevano di tre navi da guerra con più di duemila uomini a bordo e 70 cannoni.

Pickett alla vista delle forze inglesi esclamo: "Noi faremo di loro come nella battaglia di Bunker Hill!"

Questa frase lo portò alla ribalta nei salotti americani rendendolo spendibile come comandante di 3 brigate confederate dell'armata della Virginia settentrionale e facendolo servire sotto il comando di Robert E. Lee più avanti.

La situazione era in stallo fino al momento in cui il politico inglese James Douglas, governatore della colonia dell'isola di Vancouver, ordinò di far sbarcare i marine inglesi e di attaccare gli americani.

Il contrammiraglio britannico Robert Baynes si rifutò categoricamente di attaccare dato che "due nazioni potenti in guerra per un maiale è una cosa sciocca".

Entrambi gli schieramenti si fronteggiavano insultandosi a distanza di sicurezza ma nessuno dei comandanti diede l'ordine di far fuoco.

Finalmente le voci di questo incidente e dell'escalation arrivarono sia a Londra che a Whashington e ovviamente trovarono una soluzione che non ricoprisse di ridicolo entrambe le nazioni.

Quando arriverà Pasquetta, mentre vi trovate dinanzi al BBQ, raccontate questa storia.

Riderete allegramente tutti insieme se avrete bevuto abbastanza. (bevete responsabilmente)

IX

LA GUERRA DEI PASTICCINI

Messico, 1828.

Il presidente della neonata Repubblica del Messico, Gomez Pedraza, licenzia Lorenzo De Zavala dalla carica di governatore dello stato.

I motivi del licenziamento sono sconosciuti, varie teorie non confermate spaziano in:

- era inetto
- nascondeva il telecomando
- non raccoglieva la pupù del cane
- ascoltava gli One Direction
- non ascoltava gli One Direction
- faceva puzzette a letto costringendo persone sotto le coperte ad annusare i suoi miasmi.

Per quanto affascinanti queste teorie non possono essere confutate da prove o testimonianze.

Il povero Lorenzo, colpito nell'orgoglio, decise di andare dal suo caro amico Antonio Lopez De Santa Anna. Antonio era una persona molto tranquilla (a metà tra Gennaro Gattuso e Johnny Depp).

Antonio e Lorenzo raggrupparono la maggior parte della guarnigione di Città del Messico e rovesciarono il presidente Gomez Pedraza per poi mettere al suo posto il loro amico Vicente Guerrero.

Le devastazioni che questo colpo di stato portarono furono ingenti.

Non solo molte attività erano state distrutte ma a rimetterci furono sia i cittadini messicani che quelli stranieri che avevano interessi nella città.

Il neo insediato governo però non si assunse nessuna responsabilità e non volle rimborsare nessuno.

È lì che entra in scena Remondel.

Remondel era un pasticciere francese che aveva subito furti da parte delle milizie messicane nel golpe del 1828.

Nel 1838 (dopo dieci anni) finalmente le sue suppliche arrivarono al re di Francia Luigi Filippo.

Il re chiese come risarcimento per il pasticcere 600.000 pesos. Una cifra ASTRONOMICA considerando che lo stipendio medio a quel tempo era di 1 pesos al giorno.

Il pasticcere era stato ovviamente fortunato perché il suo risarcimento si andava a sommare ad un prestito di un milione di dollari che il Messico aveva ricevuto dalla Francia.

Il pretesto era servito.

30.000 soldati francesi armati di tutto punto arrivarono in Messico per occupare Veracruz.

In pochi mesi la flotta messicana era stata immobilizzata.

Il Messico dichiarò guerra alla Francia ma un blocco navale statunitense bloccava anche il contrabbando, vitale per portare avanti la guerra.

Il Messico si arrese e pagò i 600,000 pesos alla Francia come risarcimento per il pasticcere.

Questo è senza dubbio il PRIMO CASO MAI DOCUMENTATO DI UN POSSESSORE DI PARTITA IVA ONESTO CHE VIENE DIFESO DAL SUO STATO E CHE RICEVE ANCHE DENARO.

Affascinante.

X

CHI NON BEVE IN COMPAGNIA...

Nel 1788 l'impero Asburgico e quello ottomano se le stavano suonando di santa ragione.

In un'epoca tumultuosa poche cose riescono a tranquillizzare un uomo in guerra.

Una di queste è sicuramente l'alcool.

In una fredda notte nei pressi di Caransebes (Ungheria), sostavano accampati 100.000 uomini facenti parte dell'esercito asburgico.

L'accampamento era stato posto lì per far riposare l'armata prima della traversata del fiume Timis.

Il 17 settembre reparti ussari dell'avanguardia passarono il fiume per controllare l'eventuale presenza di eserciti turchi.

Trovarono solo un accampamento di rom.

I nostri eroi non persero tempo e acquistarono liquori da loro. Dopo qualche ora, un'unità di fanteria passò anch'essa il fiume.

Si imbatterono ovviamente nella colonna di ussari ubriachi.

Contenti che qualcuno avesse trovato qualcosa da bere, chiesero di poter bere in loro compagnia.

Al rifiuto degli ussari di dividere l'alcool scoppiò una rissa furibonda. Gli Ussari cominciarono ad innalzare delle fortificazioni mentre i fanti cercavano di rincorrerli.

Il genio fu un fante asburgico che da buontempone pensò di urlare "Turci!" (Turchi) per far arrestare gli ussari ma il risultato fu quello di gettare la cavalleria nel panico.

Partirono gli spari, il fuoco amico regnava sovrano. Qualcuno cominciò a far girare la voce che qualche turco si fosse travestito da rumeno o da austriaco.

Per far terminare quell'inutile spargimento di sangue arrivarono gli ufficiali (quelli svegli eh)

Urlarono a squarciagola "Halt!"

Ovviamente tutti capirono "Allah!" scambiando la cavalleria che stava tornando per un'unità montata turca.

Quella che era una catena di errori e malinterpretazioni ebbe il suo culmine quando un ufficiale di artiglieria aprì il fuoco sulle unità in avvicinamento.

Il panico era imperatore.

Mentre il vero imperatore Giuseppe II giaceva in un torrente mezzo svenuto.

L'esercito austriaco era ridotto ad una massa di uomini che sparava a qualsiasi cosa si muovesse mentre scappava in ogni direzione.

Due giorni dopo arrivarono i turchi.

Sul campo di battaglia giacevano 10.000 tra morti e feriti.

E avevano fatto tutto da soli.

RINGRAZIAMENTI

Ringrazio voi che avete trovato questa raccolta divertente e senza pretese.

Vi ringrazio per aver scelto di informarvi tramite me di questi aneddoti simpatici ma pur sempre storicamente rilevanti.

Spero di avervi tenuto compagnia.

Se volete lasciate una recensione, siate buoni (se potete, altrimenti vi rintraccio e ve mando Oscar con due biglietti per una crociera insieme a lui)

Mirko Iori

Oscar il gatto della Bismark

William Jameson : Ark Royale, the life of an aircraft carrier at war

Sam Stall: 100 cats who changed civilization

Janusz Piekalkiewics : Sea War

La guerra degli Emu

Bec Crew : The great emu war

Dorothy Edwards : The wildlife of Australia and New Zealand

La guerra degli scimpanzee del gombe

Jane Goodall : Through a window,my thirty years with the chimpanzees of gombe

Tahar Ben Jelloun : Il razzismo spiegato a mia figlia, i nuovi razzismi in italia

Colin Barras : Only known chimp war reveals how societies splinter

Ian Morris : War! What is it good for? The role of conflict and the progress of civilisation from primates to robots

Jane Goodall : The chimpanzees of gombe, patterns of behavior

Sonnengewehr – cannone solare

Hillersleben Heeresversuchsanstalt studies on Oberth

Time Magazine : Science, sun gun

Life Magazine : The german space mirror

Atlantropa – prosciugare il mediterraneo

Mario Baduino : La storia (vera) dell'uomo che voleva prosciugare il mediterraneo

Roberto Masiero : Atlantropa – progettare il mondo, geopolitiche e imperi

Osvaldo Guerrieri : La diga sull'oceano, la folle avventura di Atlantropa

Jason Bellows : Mediterranean be damned

Fausto Andrea Marconi : Atlantropa : la diga pensata per prosciugare il mediterraneo

Willy ley, Engineer's dreams

34

La secchia rapita – battaglia di Zappolino

Barbara Zandrino, Il gusto della deformazione e la degradazione dell'eroico nella "secchia rapita"

La guerra per il cane

Dimitar Bechev, Historical dictionary of the republic of Macedonia

Mark Biondich, The Balkans: Revolution, War, and Political Violence since 1978

Leland Gregory, Tales of Stupidity through the ages

La guerra per il maiale

Betty Baker, The pig war

E.C. Coleman, The most perfect war in History

Mark Holtzen, The pig war

Scott Kaufman, The pig war

Rosemary Neering, The pig war

Michael Vouri, Standoff at Griffin Bay

La guerra dei pasticcini

Albert A. Nofi, The Alamo and the Texas War of indipendence

Michael S. Warner, Encyclopedia of Mexico

Penot Jacques: L'expansion commerciale francaise au Mexique et les causes du conflit

Don M. Coerver, Encyclopedia of contemporary History an Culture

Chi non beve in compagnia

Geoffrey Regan, The Brassey's Book of Military Blunders